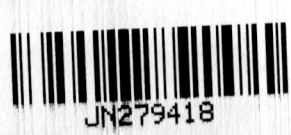

Pen Rock

上兼透太
Tota Uegane

Pen Rock

Track

*

Bonus Track

*

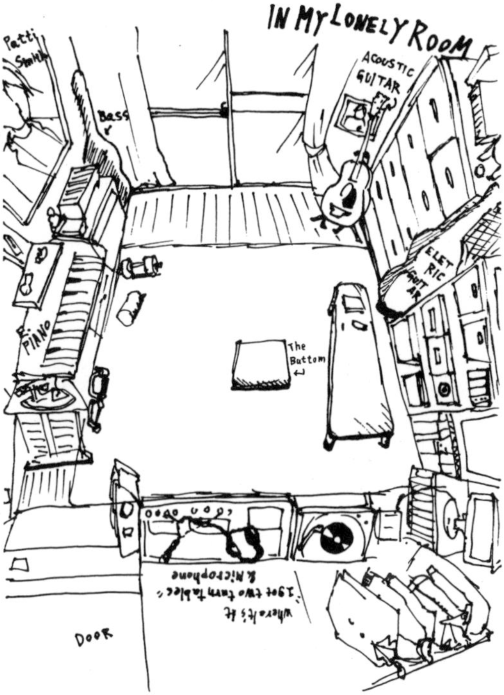

~All Songs Writing At Bonaparte Room~

※ページ右下の数字は、作詞・作曲をした年を表している。

1) メインタイトル

隠れた映画館

流れるメインタイトル

とりわけ理由もなく

目だけを開けていれば

古びたフィルムが映し出す前衛映画に……

つじつまが合わなくなるほど僕は

差し違えた思い出を感じている

ただ、ただ歩き

から、から、空回り

とりわけ理由もなく

目だけを開けていれば……

終わる。

1995：18才

2）リピート＆フェイド

夜中に台所で手を洗っていると

静寂を表現する水たちの群れが

繰り返す日々と消えいく日々の隙間を

連弾で埋めてくれる

埋め尽くされた時　僕はとても落ち着くんだ。

君は自分だけが汚れていい存在だと

思ってやしないかい？

淋しいだけの夜は嫌だろう？

ホラ、そんなに弱いくせに……

思い出にすがる事が必ずしも

いい休暇の過ごし方とは言えないけれど

君は愛されていた時を思い出すべきだ

生きていくと決めたならね

必ず天国に行ける切符を持っていたって

壊れた橋を渡る必要はない。

リピート　生まれる前の僕だって

フェイド　生まれた後の今だって

こんなに人生がくだらないなんて

思わなかったよ

1995：18才

3) Tipsy Toes

だから　結局、嘘をついてしまえば

それで少し大人になったって事なのさ

君が泣いたあの夜でさえ

慰めている僕も傷ついた……

わけのわからぬ回りくどさで

弱い人がこの国中で吹き溜まっている

混沌という答えを提示して

それだけで満足したくない　　だから……

少しでも、少しでも、進めるように

少しでも、上に向ける　Oh My Tipsy Toes

だから　結局、膝をついてしまえば

どこに居てもそこで終わりって事なのさ

フィッツジェラルドが言うように

「理想だけじゃお金にならない」？

思い出でしか呼吸してない大人達が

この国中で吹き溜まっている

そこにある真実を目にして

気づかないフリなんて出来ない　　だから……

少しでも、少しでも、進めるように

少しでも、上に向ける　Oh My Tipsy Toes

1998：21歳

4) スターダスト・キッド

いつだって

心地よいベッドのぬくもりの中から出る時は

スペースシャトルで

知らない宇宙へ飛び立つようなもんさ

He's A Stardust Kid

人生が

少しずつ死に近づくゲームだとすれば

朝、靴を履いて

出かけられるだけでも勝利ってもんさ

He's A Stardust Kid

実は割と簡単に喜ぶ人間なのに

なぜかボクを悲しませるものは

星の数ほどあるんだ……

痛みから逃げず　向かい合う事も

りっぱなフル・タイムの仕事だと言えるんじゃないか？

（だとすればオレもキミもワーカホリックと言える）

男は一つの理由で泣きたくなるものさ

スターダスト・キッド

人、一人は一つのプロミネンス

熱にうかされて出来る橋

We Are Stardust!

2001：24歳

5）情熱のアダージョ

僕らの笑い声は

プラネタリウムみたいな屋根に

はねて　落ちた。

それは流れ星と見間違えるほど

純粋な微笑みで出来ていて

僕らは夢を語る情熱の天使だった……

あの日、

駐車場で遊び残した５本の花火は

自分がなにものかも解らず

情熱を持て余していた　僕ら。

ビールの缶は倒れて今もそこにあるだろう

情熱も置き去りに……

1995：18才

6) NO PRIMA DONNA

ハッとした

気づいた

やっとの事で解った

いつの間にか慣れてきている

キミに似た

娘がいた

あの日を思い出していた

いつの間にか忘れだしている

そうなんだ

いつからか

少しずつズレていたんだ

情熱を置き去りにしていた

NO. NO. NO

ノー・プリマドンナ

雨の中なら泣いてしまえる

誰にも、キミにも見つからないように……

NO. NO. NO

ノー・プリマドンナ

キミは確かにそこに立っていた

誰にも、僕にも見つからないように……

No Prima Donna

Set Me Free Little Girl……

2000：23歳

7）Helpless

ボードレーヌの讃え方のマネをしていた

雨の夜はなぜか顔を思い出した

ボナパルトの馬に乗ったマネをしていた

こらえ切れず泣いた顔を思い出した

キミが笑うなら「HAPPY」について

似合う言葉を探せる

キミが居ないなら耳にしたがって

居場所を捜せる

2001：24歳

8) カエルボーイとミルクティー

カエルの頭をした紳士が

ボクをナメる様に見たのは

目の前のミルクティーが冷めたからだと

向かいの席の幼なじみは言う

そのままを、そのままの心をさらけ出すのは

恥ずかしくておかしくなりそうだ……

けれど慣れれば踊れると幼なじみは言う

またもカエルの頭をした紳士が

ボクをナメる様に見たのは

コップの水がなくなり氷がボクらの罪のように

残ったからだと幼なじみは言う

幼なじみは肘をテーブルについて

これから来たる未来に不安を抱いて

カエルのようにひしゃげた

またもカエルの頭をした紳士が

ボクをナメる様に見た……

気がする。

1994：17才

9) 罪のない嘘

憧れは滑稽だね

罪のない嘘

何も選べないその瞳で

罪のない嘘

罪のない嘘、罪のない嘘

ねじくれた愛か

それに似たようなもの

罪のない嘘

星空のブランケット

子犬の枕

罪のない嘘

終わらない今日

覚めない夢

罪のない嘘

罪のない嘘、罪のない嘘

四葉のクローバーの

ベッドの上で二人、

罪のない嘘を……

1997：20歳

10) (I Out To Be) Thinking Of You

二人の散歩には詩がない

一人の散歩には詩がある

だから今はキミに会わない

淋しいけど……

I Out To Be Thinking Of You

小さいかもしれないけれど

ボクはキミのカケラを持っている

だから今はキミに会わない

淋しいけど……

I Out To Be Thinking Of You

言わなくてもいい事を

言ってしまいそうで……

だから今はキミに会わない

しばらくはキミに会わない

淋しいけどキミに会わない

淋しいけど……

I Out To Be Thinking Of You

1998：21歳

11）遠すぎる

貴方が側にいると

悲しくて仕方がない

貴方を今、知らなくても

どのみち愛さずにはいられなかった……

貴方が側にいると

悲しくて仕方がない

貴方を今、知らなくても

どのみち貴方に似た人を捜し、生きていたから……

一言、魔法のような言葉をかけられるたび

私は笑顔になって　本当は怯えていたの。

貴方には私を助ける事も、傷つける事も出来ない

なぜなら、遠すぎる……

遠すぎるから。　　1996：19才

12）パレード

サイレンが鳴っている

遠くの方で鳴っている

若さを命の限り使う子供達

退屈をナイフに変えて。

サイレンが鳴っている

遠くの方で鳴っている

余裕をお金のように使う大人達

屁理屈をサイフに変えて。

車の通る、人の通るこの街のパレードで

キミは苦悩しているのに

ボクにはとても美しく見えたよ

車の通る、人の通るこの街のパレードは

消えるインクで描かれているから

ボクにもキミにも先が見えないんだ

パレード

パレード

サイレンが鳴っている

遠くの方で鳴っている

1996：19才

13) Sameness

「敵をきちんと見定めるまで諦めてはいけない

的をしぼる事に恥じらいを感じている場合じゃない

頭を下げるのは全てが済んでから

今、笑ってしまうほどつまらない事はない

全てが完全に出来ているから醜いものがあって

不完全な美しさを信じている俺がいる

思い出の覚え書きなんてこの街じゃ絶版になるから

きみの影が、きみの側で、きみをピストルで狙う

次に僕が目覚めたら何かが減ってるんだ……」

そして、この世の何もかもがそれと同じ事

ただ一人で生まれてきて

見守られて　比較されて

与えられて　すぐ奪われて

蹴散らされて　踊らされて

そして、この世の何もかもがそれと同じ事

現状に慣れて　危ぶまれて

忘れ去って　小さくなって

くだらなくて　笑えなくて

もうこれ以上　語れなくて

そして、この世の何もかもがそれと同じ事

Sameness

1998：21歳

14) THE BOYS

少しロマンチックに言えば

オレ以外の人間はクソだ

世間の箱にばかり気がいって

飛び出せないヤツラが嫌いだ

The Boys

少しのお金といい女が

周りにたくさん居ればいいさ

可能性を見てみぬフリして

無駄に生きるなら死ねばいいさ

The Boys

他人のせいにしてるヤツなんて

自分に自信がないだけなんだ

弱者が損する世界になんて

刃向かう以外する事はない

The Boys

泥水の上を走り抜けて

汚れた足で笑ってやるぜ

本当は自分の傷口なんて

誰にも見せたくないんだから

The Boys

1998：21歳

15) (I Feel This) BURNING PAIN

何度、考え直しても

オレだけが悪いんだとわかる

思い出があるよ

自分が欠けているような気分になって、足が動かない

靴に小石が入っていて、上手く走れない

一体どこで間違ってしまったんだろう？

わからないまま進める人間と

わからないままじゃ進めない人間の

違いを教えてくれ

明るい方を見るほどに感じるのは

この燃えるような痛み

1998：21歳

DEAD
AND
BLUES
JOHNNY

16）モーメント

Just A Moment

裏打ちされた舌打ちの実力を

嘲笑うかの如く引き抜かれ

降りしきる雨を涙と見間違えてしまう

若者達の調べ

溜息を禁止されるほど僕は

弱っているのかもしれないけれど

欲望の落札額を書いた紙を入れる箱に

とらわれない様に……

時間のページが終わるまで

タイムズスクエアの夢を見よう

治るまで病気でいられるさ

ああ、キミの言う事が

今は全て正しく思える

No Fun. No Fun. No Fun……

Just A Moment

1998：21歳

17）Sal Paradise Hotel

眼差しがあった

古いドアにメモが貼られていた

明日はイタリア映画を観に行く予定だった

サル・パラダイス・ホテルで。

閉め忘れていた

蛇口からは何も出なかった

クリムトの絵が空間の角を塞いでいた

サル・パラダイス・ホテルで。

詩人はすれ違い

画家は自分の手を握り

役者は昔の恋人を演じていた

アレゴリーという部屋の中で。

辻褄が合った

若さゆえ見過ごしてしまった

どこでもボクは嘘をつけるようになっていた

サル・パラダイス・ホテルで。

そしてキミは見つからない答えを

いつまでも捜していた

サル・パラダイス・ホテルで。

1996：19才

18）Blue Baby（It’s All Over Now）

車のタイヤの音で雨の存在に今ごろ気づいた

既に止んだ後で「今さら何を言うの？」って

キミは言うだろう

こんなボクも時には

恋にワガママな16才の少年になる

ああ、すべて話そうとすれば……

ほとんど全部ウソに似ていた

ああ、すべて忘れたはずなのに……

ほとんど全部キミに見えた

It’s All Over Now, Blue Baby

2001：24歳

19) Early Morning Taxi

仕事に殺されかけている男が電車に乗って

それでも急ぐ朝の風景

人知れず傷ついて

人を見て毒づいて

そんな毎日は変えられそうかい？

恥と外聞のせいで

独りよがりになって

それでも「誰か側にいてほしい」

なんて言うから先に進めないんだ

Early Morning Taxi

Early Morning Taxi

You're Happy Now？

恋人よ　絵に描いたような朝が来た

もう人のせいになんてしちゃダメさ

キミが本気になって

立ち上がろうとしなければ

オレはどうする事も出来ないんだから。

Early Morning Taxi

Early Morning Taxi

You're Happy Now？

1997：20歳

20）Crying Morning

明日からは違う日が来る……

そうやっていつも信じてきた

けれど今日も昨日に似ている

そうやっていつも裏切られてきた

鮮やかな輝きと共に始まる夜

さぁ、友達を捜しに行こう

バーテンがエリオットの予言者のように

「閉店です」と役目を告げるまで

様々な事、ビールの回し飲み、

コート、帽子、議論、

嫌なメール、

さらなるビールの回し飲み、

I'm Crying

Listen To The Morning

目を見れば解る

キミも同じなんだって。

Listen To The Morning

目を見れば解る

ボクと同じ人間なんだって。

2000：23歳

21）Wednesday Morning, 3AM

生きる事は疲れる事

当たり前に済まない事

つい涙ぐんでしまう事

それを人に見せない事

世界を遊び場にする事

全てをオモチャにする事

自分自身を楽しむ事

笑顔の相手を捜す事

足の下に大地を感じていたい

知らなかった物があるなら見てみたい

理由なんて解らなくて構わない

答えなんて逆さにして振ってしまいたい…じゃない？

水曜の朝　３時ごろ

「始まり」って事だけでステキじゃない？

水曜の朝　３時ごろ

「澄んだ空気」って貴方の味方じゃない？

水曜の朝　午前３時ごろ……

2001：24歳

22）RUN JENNY RUN

Jennyは息を切らせて走った

MumにKissが間に合うように

Jennyは息を切らせて走った

足が明日に間に合うように

風はどこからも吹くのに

届くのは悪いNewsばかり

Run Run Jenny 振り向かないで走って！

MumにKissが間に合うように

なぜか涙が止まらなくなった

石畳の通り辺りで。

言葉に詰まってしまうのならば

なにも言わなくていいのサ

風はどこからも吹くのに

届くのは悪いNewsばかり

Run Run Jenny 振り向かないで走って！

MumにKissが間に合うように

キミのKissが間に合うように。

1999：22歳

23）僕は僕で

僕はクサイんだ

人間クサイ

誰よりもリアルに

誰よりも僕としてここに居る

僕は真夜中

２時の真夜中

周り全てが真っ黒で

いくつかの星だけが見えている

君は君で

なにか漂う空気のような物を

摑んで

それに包まれて行くんだ

僕は僕で
女の人の寝顔が妙に
カワイク見えて
大人になったと気づいたんだ

ここがどんなに不埒な世界でも
僕や君が求める全ても
ここにある

1996：19才

24) ザ・サイレント・ガン

草の葉の濡れた匂いと

時間から年月を通り過ぎて

どこかで見つけてきた幻を

この空間の中で割り切ってでも

想像の発光体に包まれながら

精神の本質を捜したかった

何度も、何度も、

繰り返し浅い眠りに落ちて

また目が覚める

飢えたように摑んだ腕

無目的な行動の副作用

何も感じない

けれど生まれてから死ぬまでのスピードに

一体、何が追いつけるというのだろうか？

冷たい壁と壁の隙間を

毒蛇のようにすり抜けて来た

弾丸が見える

ザ・サイレント・ガン

自分の真実を

口にしなくなったボクは

音のしない武器で

知らぬ間に撃ち抜かれていたのかもしれない

1996：19歳

25）ボヘミアン・ルラビーズ

毎日が退屈すぎて

ベッドから出る気にもなれない

誰の気配も感じないから。

生きるという事が

少しずつ死んでいくという事なら

じきに痛みも慣れてくるだろう

抽象的だという事で

具体的過ぎるのさ　キミは。

忘れる事も愛だなんて……

孤独なんだと文句を言える相手もいないほど

孤独なんだよ　　ボヘミアン・ルラビーズ

足を泥水で汚しながら

手を血で染めても

見てくれよ、

オレまだ進もうとしている

答えに限りなく近いけれど

答えじゃない物しか見つからない

それでもオレ、

まだ進もうとしている

ボヘミアン・ルラビーズ

2000：23歳

26） ツー・リバース・ミシシッピー

嫌いになるのは簡単じゃない

愛される事も楽な方じゃない

生きて行く事は他より容易い

ただ、なるようにしておけばいいから

もう少し待てば夜の深い霧が

キミをさらってくれるはず

ツー・リバース・ミシシッピー

ゴッサム・シティの上着がはだけて

コインの裏には　ツー・リバース・ミシシッピー

もう情熱も残っていないと思おうとすると

それが存在していると気づく

ツー・リバース・ミシシッピー

お金は要らない　使う分だけでいい
戦争は他の男が行けばいい

ヤツが書いて歌っているのは
ヘタクソなロンドさ
知りもしないで時代遅れな
ツー・リバース・ミシシッピー

ポートアーサーで恋をする不埒な夢と
バークレーとLAの間に
ツー・リバース・ミシシッピー

秘密なのに　アイツあんなに……
唯一最後に　合図したのに
声にならない　でも会えない
ツー・リバース・ミシシッピー　　　　2001：24歳

27）Lonesome Candle

制約がある程度

失うモノの尊さを教えてくれるね

この頃。

有機的に酸素が

明かりを灯すその後で

溶け出したロウが思うような事

儚い理由は

見切りをつけた慕い方が泣けたから

弾いた弦が手を掠めた

けれど切れてはいなかった

You Know My Heart Ache？

Lonesome Candle
Lonesome Candle

試してみれば解るのかと

古いライターを探した

抱きしめたくて手を伸ばした

けれどどこにも居なかった

思い出に置かれているアップライト・ピアノだけが

迫害を受けている気がする

You Know My Heart Ache?

Lonesome Candle
Lonesome Candle

2002：25歳

28) In The Parking

寝静まる車を横切って

行き着いた先の鉄格子を

背もたれにタバコをくわえると

オレの胸に溜まっている

涙が無条件で出るのさ

In The Parking

悲しみだって生きている証拠だって事

1999：22歳

29）Treason

私は今日、貴方を見ました。

悲しみながら

親しみながら

蔑みながら

笑いながら……

取れそうな翼で行けるのかな Baby？

私は今日も貴方を見ました。

痛みの最中

横になりながら……

日曜になら嘘をついてもいいかな？

言葉を翳りかけて

土曜の朝になって

日曜になら嘘をついてもいいかな？

……自分に。

Treson

Treson

時に一人

「悲しみが居ない」って

泣いてりゃ世話ない

2001：24歳

30) Vicious Orange

気まぐれなんだろう？　キミも。

今は触れている間でも

まぼろしなんだよ、きっと

砂漠の空に浮かぶタイプの笑顔

ヘイ・ダーリン、

かまわないで残してよ

ヘイ・ダーリン、

やさしいフリはイヤだよ

ヘイ・ダーリン、

痛くないわけないんだよ

ヴィシャスなオレンジが堪りかねている

I Don't Trust You Anymore

どうして なんだろう？　いつも。

近づいてくる人間を内に入れても

感じ得ないリアル

I Just Decided

I Don't Trust You Anymore

ヘイ・ダーリン、

傷について笑ってよ

ヘイ・ダーリン、

キミが悪いと叱ってよ

ヘイ・ダーリン、

生ぬるいのはイヤだよ

ヴィシャスなオレンジが堪りかねている

I Don't Trust You Anymore

2001：24歳

31) THE ANSWER

よりにもよって僕らは愛の真ん中で

誰が見てもわかるほど迷ってしまった。

気がついた時、僕らは歩き疲れて

愛は西に傾いていた。

まず、今はヒラメキのわかるコーヒーを入れて

その後、ありったけの愛を潜り込ませよう

答えなんて、ほとんどないと同じような

偶然見つけて笑うような物さ

歳をとってもオトナになんて

なりたくはないだろう？

Hardly Ever The Answer

前触れもなく、マルクスじゃなく

マグリットなら描けるトラジディ

Hardly Ever The Answer

一度だけ見つけられた時、

持てるだけ拾い集めた……

The Answer

確かめて眠りにつくころ

不安には苛まれていた

The Answer

愛ならば早過ぎるくらい、

恋にしては遅過ぎるほど。

Hardly Ever The Answer

2001：24歳

32) 夜中の手紙

書いては捨てる　愛の溜息

つらくて落ちる　流れ星

浮かんで消える　春の教え子

忘れられぬと　語り手の云う

きっと明日は雨が降るでしょう

悲しい雨が

悲しい雨が　ヒトヒラ

そして誰かが旅に出るなら

どうぞ私を連れて下さい

少しここから離れたいから

どうぞ私も連れて下さい

今、私が書いたこの手紙が
貴方の元へ
貴方の元へ　ヒトヒラ

そして誰かが旅に出るなら
どうぞ私を連れて下さい

少しここから離れたいから
どうぞ私も連れて下さい

書いては捨てる　愛の溜息
つらくて落ちる　流れ星

1993：16才

33）Loves Gettin' Tougher Than Tough

演奏するのでさえ哀しい歌を

聴いた事があるかい？

新しいタフな体が欲しい

新しいタフな心が欲しい

愛した人に付けられる

新しい傷が欲しい

Loves Gettin' Tougher Than Tough

For Me

1997：20歳

LOVE

34）Caramel

シナモンの夢を見ながら

どんな夢を描こう……

オレンジの夢を見たなら

どこにも行けるの？

あたし、今にもキャラメル

シナモンのことを想えば

少しは解るの。

オレンジのことを想えば

少しは解るの。

たぶん、夜ってキャラメル

あまりにも適当で

コーヒー・ショップ的

大人びた態度でも　Sweet As Plum

どうしよう、どうしよう

愛って解らない

似てるの？　キャラメル

あまりにも精巧で

パーティー・ドール的

唇や、おヘソまで　Sweet As Plum

どうしよう

どうしよう

ここにもキャラメル

2002：25歳

35）The Dance Floor Town & His Wife

……ところがキミは一人で目を閉じて

汚い世界にボクを取り残す

The Dance Floor Town & His Wife

傷ついた方が先に抜けるなら

ボクだってキミに負ける気はしない

The Dance Floor Town & His Wife

上手く踊れない人ははじかれて

罪深な街は今夜も色めく

キミが履いていったボクの赤いシューズ

座りながら老いていくのは

イヤだと言わんばかりに……

そういえば恋は何かに似ている

意味深なところが何かに似ている

The Dance Floor Town & His Wife

どこからかキミはその事を聞いた

確かめるまでは全て試すだろう

The Dance Floor Town & His Wife

夜が明ける前に　タバコが燃える前に

足が止まる前に　曲が終わる前に……

キミは踊り狂う街と

結婚でもするつもりかい？

The Dance Floor Town & His Wife

2000：23歳

36) (The December's) Norma Jean

目を閉じれば　触れているのさ

涙のせいで錆びついた　胸のボタンに

日の明かりで　跳ねた指輪

夜まで待てず駆け出す　霧雨の中

歳をとって　愛を知って　キスに溺れる僕を笑え

Talking About The December's Norma Jean

時計が止まる頃　唇は動いて　核心に触れたがる

傷口に愛撫しまいと……

君を知って　愛を知って　ほかを忘れる僕を笑え

Talking About The December's Norma Jean

時計が止まる頃……

1999：22歳

＊(Norma Jean/マリリン・モンローの本名)

37）眠れない、アニー

キミを見て　僕を見て

次にまたキミを見て

夜になり　朝になり

また少し近づいた

子供だった頃はもっと

時間はゆっくり流れた

今はそっと口を這わせるだけで

朝が来てしまう

眠れない

つじつまが合った　アニー

眠れない

明日を恐がった　二人

猫のように触れること？

犬のように笑うこと？

何か僕に出来ることないかい？

眠れない、アニー

2001：24歳

38) Blame Me

爪はいいからこっちを向きなよ

グラスを空けて。

少し汗ばんだ手のひらを訝しんでいるキミは

叶わない可能性の事ばかり口にして

今の自分にまた腹を立てている

夜通し

夜通し

夜通し起きていようよ

Blame Me　僕のせいにして。

そうさ、それで間違いない

キミは正しい

生きて行くって事は痛い事だから

キミが今夜のような事を

違う人としていても構わない

傷つけないでいられるのはきっと

僕だけだから。

キミを囲む全ての物が

キミに爪を立てている

夜通し

夜通し

夜通し起きていようよ

Blame Me　僕のせいにして。

2001：24歳

39) The Ache

キミとの事は忘れた物よりも

もっと思い出す物の方が多いよ

それでも

あらゆるものが変わらなきゃいけないって

今ならわかる　The Ache

ボクの磁石は壊れていて

寄り掛かれるものが来た道にあると信じて

戻ろうとしてしまう

それが美しく彩られた蜃気楼だと

わかっていても　The Ache

ボクが黙っていたから

キミの耳が痛くなって

二人の関係は壊れた……

あらゆるものが変わらなきゃいけないって

今ならわかる　The Ache

それが美しく彩られた蜃気楼だと

わかっていても　The Ache

1998：21歳

40）Behind The Beat

ビハインド・ザ・ビート

無意識には思い出による前提があって

それでも鼓動はいつも聴こえているのさ

ビハインド・ザ・ビート

足元を見れば引きずっている影があって

それでも負けを認めて先へ行くのさ

失ってしまった物は

失うべき形をしていて

失う事に意味がある

ビハインド・ザ・ビート

ビハインド・ザ・ビート

2000：23歳

Gloria
Wear & Rock&Roll
GLORIA
Closed
1977

41) Till It Starts (All Over Again)

曇りの日が続けば

その景色に慣れてしまう

いつも誰かの事を

好きじゃなきゃいけないのかい？

確かに君が言う事も

わかるけれど

愛を口にすれば

それで全てが済むのかい？

狭い所に人が多くて

密集しているものほど孤独に見える

君みたいに大人になれないよ……

Can You Hear Me, Do You Get The Message？

曇りの日が続けば

その景色に慣れてしまう

いつも誰かの事を

好きじゃなきゃいけないのかい？

Till It Starts All Over Again

1999：22歳

42) さよなら、リチャード

車のドアを開いて

後は忘れてしまおう

SEXの事ばかりで本当に吐き気がしてくる

数え切れないスリキズ

床に落ちているプリズム

言葉が聴こえないからきっと一人ぼっちだね

Oh My Head　本当は違う夢を見ている

Oh My Babe　今度は違う出会い方を……

Goodbye My Richard

ぬくもりが手からこぼれて

本当に凍えてしまうよ

言うことは何もないから今はただ叫んでいる

Goodbye My Richard!

Oh My Head　本当は違う夢を見ている

Oh My Babe　今度は違う出会い方を……

「今がいつで、ここがどこか、

分かるなんてつまらない」って

キミは迷子になりに行った

そして戻りはしない……

さよなら、リチャード

1998：21歳

43) LET IT BEGIN

いつかの思い出に触れる度

痛みを伴う影を見る

５月は淋しい９月を

思い出させる為にある

それでも今は永遠を

きっかけ程度には感じる

これから僕らは二人の

居場所を探す旅に出る

Take my hand and let it begin
Open your heart and let me in
For the things that you've given me
……I love you

2001：24歳

44) One For You

怯えそうな時

気がかりがある時

キミを前に立てているよ

これからっていう時

別れ目っていう時

想像で浮かべているよ

やり直したい時

もうムリと知った日

キミを前に立てているよ

答えがいる時

夜が怖い時

想像で浮かべているよ

とても大事なことを

笑い事に仕立てて

触れたり、揺れたりして(笑)

One For You

とても残念な事を

気にしない素振りで

耳たぶつまんだりして(笑)

One For You

2001：24歳

45) A.45 To Pay The Rent

つまらない事も幸せな事も

飽きるほど繰り返した

だからそう簡単にもう人を

愛せなくなったよ……

あるいはキミは

ボクを哀れな男と思うかもしれない

レイモンド・カーヴァーの短編には

欠かせないような……

メアリーはなんであんな事をしたんだろう？

誰かに優しくされるほど恐くなる

暗闇が暗闇であるほどきっと

少しの灯りでも目が眩む

A.45 To Pay The Rent

つまらない事も幸せな事も

飽きるほど繰り返した

チャンスもなく愛も居なく

ポケットには……

A Dollar And Twenty Cents

みんな、幸せじゃないのに

幸せなフリをして

誰に何を隠したがっているんだろう？

目的を持たず生きて行くと人は

夏の終わりが好きになる

A.45 To Pay The Rent

2001：24歳

46) BEAT CONCERTO

「腐敗のついたドアを開ける時

キミがなんだか可愛く思えてくるよ

知らない事が恐くないから

今は痛みも何もない……」

キミはまだ覚えている？

移り気な夏の匂いを。

本当は忘れたフリをして

思い出しては泣いている？

あんなこと二度と出来ない

そういうものじゃないから

本当は忘れたフリをして

大事にとってある？

ただひたすらにドアを開けてみては傷ついて

無くした物だとばかり思っていた　〝I Love You〟

悪戯に全てを欲しがる事で傷つけて

それでも机の中に残っていた　〝I Love You〟

幸せになるやり方については

考えた方がいい

I'm So Young So Goddamn Young

……そういえば涙の引き金は

いつも愛が握っていた。

2001：24歳

47）My Little Horses

本当に長い事

雨に晒していた

いつからそこに置いていたのか……

それさえわからない

でも、もうどうでもいい

その錆びついた心にも触れよう

確かめたいのは昨日の時間が

本物だったのかという事

あれが事実なら僕は本物の幸せを知って

生きていると言う。

マイ・リトル・ホーセス

キミのようになりたい

足枷のない迷子に。

自慢じゃないが僕は正しい夜の使い方を

他の人より知っていると思うよ

騒ぎ立てて波を起こすようなやり方じゃなく

夜には語る自由がある

足枷のない自由が。

風が優しくて

過ごし易い日は

それだけでいいと思えるようになった

今は一人でも

みんな居るんだと

それだけでいいと思えるようになった

マイ・リトル・ホーセス

キミのようになりたい

足枷のない迷子に。

2001：24歳

48) Slow Fizz

例外と言えるけど

上手に「サヨナラ」を

夜に合う声で言えたとしよう

それで自分が損なわれても……

それで自分が少し死んでも。

貴方は貴方で完結している

スロウ・フィズ

2001：24歳

49）SURPRIZE･SURPRISE

女：貴方にとっても「永遠」だけは

「永遠に見つからないもの」だから

「涙」じゃないわ　ダーリン

男：二人にとっての「永遠」が

「もう永遠に終わり」だとしたって

僕は少しも驚かないよ　ハニー

2000：23歳

※お急ぎでない方は、この辺で本のカバーを取り、
内側の表紙でも見てみてください。

Bonus Track

50) SUNGLASSES RON

51) GET READY

52) JOHNSON

50）SUNGLASSES RON

口が渇いて、顔が痛くて、

忘れていたな……

泣くのって疲れるんだぁ

間もなく哀しみの後に笑いが訪れて

キミを運んでくれるだろう

不幸にサヨナラを言って、笑顔に戻って

今夜、馬車が走り出す

I Won't Let You Leave Sunglasses Ron

サングラス・ロン
「眠りに従い、一人になりなさい
置いて行ったりしないよ」

I Can't See Sorrow Sunglasses Ron

キミが恐れているものは

鮮やかな街がモノクロームに見える事

I Won't Let You Leave Sunglasses Ron

誰かが側に居ればいい……

なんて思うから

夜空が孤独を描き出す

思い出す、泣き出す。

サングラス・ロン
「眠りに従い一人になりなさい
　置いて行ったりしないよ」

I Can't See Sorrow Sunglasses Ron

2002：25歳

51）Get Ready (for some mind blowing)

キミにしたって、ボクにしたって、

どうしようもない。

死ぬのも恐い、生きるのも恐い

夢も見ない、恋もしない

美学のある堕落だからよけいに

どうしようもない。

この束の間の太陽が再び、雨雲の陰謀に

影を落す事になろうと知っていても

やつらに到っては従うだけで、

どうしようもない。

だからただ息をして、

だからただ夜に寝て……

Everything Is Fuckin' With Your Head!

Get Ready？ Get Ready？

Get Ready For Some Mind Blowing

未来の履いたスパニッシュ・ブーツのせいさ

歩きにくくて、なかなか前に進まない

ジョナサンなんだ

オレは普通のカモメじゃない。

麗しのくちばしで、一千年を買い占めて、

この錆びたギターだけで……

I'm Ready. I'm Ready.

Get Ready For Some Mind Blowing

2002：25歳

52）Johnson（The Fats Is In The Fire）

顔に雨が吹きつける

街から10マイル離れた場所

そして、やっぱりボクといえば

キミしか居ないんだよ

酔っ払いの天使が酒を抱いて

穴の開いた靴の中で寝ている

そして、やっぱりボクといえば

キミしか居ないんだよ

Johnson, The Fats Is In The Fire

Alison, Too Cool To Be Forgotten

Richard, The Fats Is In The Fire

Lola, Too Cool To Be Forgotten

アバディーンに想いを馳せれば

スイカズラの花が咲いている

それでも、やっぱりボクといえば

キミしか居ないんだよ

Johnson, The Fats Is In The Fire

Cameron, Too Cool To Be Forgotten

Duly, The Fats Is In The Fire

Annie, Too Cool To Be Forgotten

相談があると電話をしてきたキミの声は

いつもより小さく、聴き取りづらかった……

人間は幸せを捜す事しか出来ないんだよ

2002：25歳

あとがき

ほんのちょっと前、私がまだ「Johnny」だった頃
その名前で数枚のCDをインディーで出したり
ゲリラ的に色んな場所で演奏をしていた。
そういう活動の中でこの本に載せた幾つかの詩を
メロディのついた曲として知っている人達も
何人かはいるのだが
本を読んだ人の多くが文面としてのみ、
私の詩を知るのだと思うと
とても不思議な感じがする。
本当なら、この52編の詩を読んで
一つでも気に入ったモノがあったなら
その人の前で、その曲を
歌ってあげられればいいのだけれど……。

貴方が字を目で追いながら
頭の中で奏でた音楽はどういう物でしたか？

作詞・上兼透太
作曲・貴方
タイトル・「Pen Rock」

Thanks To NAOMI, TAEKO, Q-TA,
SHIO And HIDE, NOBORU And NAOKO,
MORRY, KAZ, BD, And BUNGEISHA

著者プロフィール

上兼 透太（うえがね とうた）

1977年、横浜生まれ。
ロック・シンガー、詩人、画家、ファッションデザイナー。
10代前半からギターを始め、同時に作詞・作曲を開始。
幾つかのバンド活動を経て、1999年 Johnny 名義でソロ活動を開始。
2000年、友人達と洋服ブランド「Jack The Lad」を設立。
2001年、自主制作ＣＤシングル「ジャック・ザ・ラッド」発表。
同年、ミニ・アルバム「コンテンポラリー・ポップ・ミュージック」発売。
2002年、フル・アルバム「ボナパルト」発売。
2003年、２枚組ベスト・アルバム「ビー・ラヴド・エンターテイナー」発売。
現在、本名の上兼透太でデザイナー、ソロ・シンガーとして活動中。

洋服ブランド「Jack The Lad」ホームページ・アドレス
http://www.infoseek.livedoor.com/~jack_the_lad/

お便り、ファン・メール、ＣＤなどのお問い合わせ
pub_rock2000@livedoor.com

Pen Rock

2003年３月15日　初版第１刷発行

著　者　上兼 透太
発行者　瓜谷 綱延
発行所　株式会社文芸社
〒160-0022　東京都新宿区新宿1-10-1
電話　03-5369-3060（編集）
03-5369-2299（販売）
振替　00190-8-728265

印刷所　株式会社平河工業社

ISBN4-8355-5325-X C0092